相知何必
应相逢

刘正功 ╲著

相知何必应相逢

作家出版社

## 图书在版编目（CIP）数据

相知何必应相逢 / 刘正功著 . -- 北京：作家出版社，
2024.2

ISBN 978-7-5212-2614-0

Ⅰ.①相… Ⅱ.①刘… Ⅲ.①诗集—中国—当代
Ⅳ.① I227

中国国家版本馆 CIP 数据核字（2023）第 243518 号

**相知何必应相逢**

作　　者：刘正功
责任编辑：丁文梅
装帧设计：意匠文化·丁奔亮
出版发行：作家出版社有限公司
社　　址：北京农展馆南里 10 号　　邮　　编：100125
电话传真：86-10-65067186（发行中心及邮购部）
　　　　　86-10-65004079（总编室）
**E-mail:zuojia @ zuojia.net.cn**
**http://www.zuojiachubanshe.com**
印　　刷：河北京平诚乾印刷有限公司
成品尺寸：125×185
字　　数：33 千
印　　张：4.75
版　　次：2024 年 2 月第 1 版
印　　次：2024 年 2 月第 1 次印刷
ISBN 978-7-5212-2614-0
定　　价：48.00 元

# 目　录

## 洞仙歌·和某君

梧桐枝颤，

柳条儿疏乱。

碧水斜阳晚归雁。

小庭园，

落叶铺满阶前。

休扫去，

留一幅秋画卷。

又龙蛇转换，

愁绪绵绵。

天命无知百经半。

碌碌复茫然，

似箭光阴随波去，

无言自汗。

所幸是，

闲来赋词章，

唱和有知交，

此生何愿？

（2013 年 1 月 5 日）

# 太常引·秋湖

九秋衰柳舞婆娑，

冰镜映清波。

枉自叹蹉跎，

白驹疾，

飞如箭梭。


莲湖暑月，

蜻蜓欢舞，

寻岸赏蛙歌，

碧水洑群鹅。

红蕖艳，

清风举荷。

（2013 年 1 月 7 日）

# 高阳台·过年

鱼潜瑶池，

琉璃满树，

莽原千里渊闳。

紫气东临，

日浓风软澄明。

枝头喜鹊喳喳闹，

早起新妇扫花庭，

笑英英。

几缕炊烟，

袅袅升腾。

灯笼喜气房檐挂，

执笔书吉语，

恭贴门楹。

温酒烹鸡，

一时鞭炮声声。

小儿欢聚门前树，

荡秋千摇落冰晶。

管弦鸣，

人聚村头，

泗韵腔萌。

（2013 年 1 月 21 日）

## 鹊桥仙·惜红颜

谪仙凡落，

世间冰雪，

最怕低眉无语。

朱唇轻启不须言，

嘴角处，

销魂无数。

红颜天赐，

恨遭人妒，

薄命香销归去。

惜哉银汉陨明星，

丽影在，

坤乾常晤。

（2013 年 1 月 28 日）

# 卜算子·山乡

溪出蜀山南，
日隐孤峰后。
烟柳情随软软风，
池水盈盈皱。


瓜豆缀青篱，
柿果皆红透。
窗内佳人逗鸟鸣，
手把鸳鸯绣。

（2013 年 1 月 30 日）

## 南歌子·题慈恩寺画僧
## 《花开见佛》牡丹图

鹿韭天香远，

慈恩国色荣。

画僧笔墨自恢弘，

转眼姚黄魏紫各纷呈。


华贵承朝露，

雍容向晚晴。

禅心佛意送芳馨，

回首大容弥勒笑无声。


（2013 年 2 月 6 日）

# 七律·三月初二由杭返肥

唯因赏景久凭窗，

铁骑飞驰过越杭。

山岭连绵千里翠，

菜花遍地万畦黄。

茶园滚滚卷青浪，

杨柳依依掩白墙。

牧笛悠扬惊鹭鸟，

一腾双翅入斜阳。

（2013 年 4 月 12 日）

# 七律·霍山行

时值熙春赴南岳，

车飞幻景一程程。

远山叠翠苍龙隐，

曲水流云夕照明。

似海蓝天鸿鹭舞，

如诗稻垄彩鸡鸣。

更兼南岳林葱茂，

竹韵松涛寄我情。

（2013 年 5 月 10 日）

# 五律·登霍山南岳峰

南岳高千尺，

屐飞脚步轻。

随风观竹韵，

侧耳辨莺鸣。

香径通幽处，

苍松掩宇宏。

清新人欲醉，

宁做霍山耕。

（2013年5月12日）

## 七绝·酒聚归来

酒聚归来月似弓，

毵毵杨柳了无风。

酽香饮罢驱眠意，

一脉思心付碧穹。

（2013 年 8 月 15 日）

# 七绝·迟桂花

昨夜沉吟迟桂花，

柔柔风雨透窗纱。

今朝寻梦翠堤软，

满目金黄掩碧华。

（2013 年 9 月 13 日）

# 七绝·山溪人家

天幕低垂雾笼纱，

竹溪侧畔有人家。

风吹云溇未成雨，

新妇庭前扫落花。

（2013 年 9 月 25 日）

# 七绝·游天柱山

由来南岳可擎天，
道似羊肠八百旋。
三拜佛光重启步，
双峰远在白云边。

（2013 年 10 月 5 日）

# 七绝·秋之银杏

时至秋深风景异，

一排银杏半天霞。

莫嗔霜重凋黄叶，

乱入青丛更似花。

（2013 年 11 月 12 日）

# 宴旧友

琼瑶宴旧友，
酒酣眼蒙眬。
轮辉润秋叶，
疑是桃花红。

（2013年11月20日）

# 七绝·春雨追记

无眠春夜雨潇潇，

水漫村溪没石桥。

新草油油相对绿，

牧童昂首唱歌谣。

（2013 年 11 月 25 日）

## 五绝·秋山一景

石桥浮水面，
斑驳印苍苔。
屐齿纷纷乱，
应为红叶来。

（2013 年 12 月 12 日）

# 看 戏

轻摇羽扇坐闲庭，

唱念做打乱纷纷。

戏终人散帷幕落，

生旦净丑何处寻？

（2014 年 2 月 10 日）

# 赠雪野先生

初红乍绿赴京城，
春报翠微喜逢君。
茶酒三巡主人意，
寝食八问兄弟情。
几番豪言惊邻座，
一声大哥暖我心。
十里相送无以谢，
新词旧曲赠知音。

（2014 年 3 月 28 日）

# 题　画

一橹一舵一孤帆，

千里练江好行船。

八面来风为我用，

何惧前程万重山。

（2014 年 4 月 1 日）

# 诉衷情·念亲娘

落花流水草青黄，

慵懒对苍茫。

三更梦醒霹雳，

大榭痛摧梁。

严既逝，

抑悲伤，

念亲娘。

泪婆娑处，

寂寞闲箸，

半盏凉汤。

（2015年1月6日）

# 七律·甲午大雪

雪落苍穹何漫漫，

卷风挟雨悄无声。

疾如凤羽穿天幕，

缓似蝶衣舞户闳。

玉挂房檐三寸短，

絮铺庭院九扶盈。

梨花一夜开千树，

素裹银装画里行。

（2015 年 1 月 30 日）

## 捣练子 · 寒夜

银汉密，数阑干，

竹影婆娑花影残。

风透帘栊寒彻彻，

一弯冷月照无眠。

（2015 年 2 月 15 日）

# 忆王孙·无题

为谋斗米误乡程，

常会新交与旧朋。

席散归家月影横。

墨毫生，

夜夜书斋不见灯。

（2015 年 2 月 27 日）

## 七绝·稻香春早

游春偏爱稻香楼，
细柳梳妆照碧湫。
烟雨长汀新草绿，
杏花如雪压枝头。

（2015年3月14日）

# 七绝·清明

凄风苦雨到清明，

卅载一回祭祖茔。

东岭新坟未生草，

一声慈父哭嘤嘤。

（2015 年 4 月 5 日）

## 七绝·徽州行

无笠无蓑踏客程，
云波诡谲弄阴晴。
更兼烟雨添诗意，
傍水依山画里行。

（2015 年 4 月 13 日）

# 七律·酒聚遇乙未末雪

闻说今冬初降雪，

华门不入久徘徊。

茶添七盏梨花绽，

酒过三巡白絮堆。

捧水相邀璇藻赋，

盛浆莫若夜光杯。

尤怜弱草植根浅，

切切归心自托腮。

（2016 年 1 月 21 日）

# 题武忠平画作七首

一

碧湖潋滟铜镜台，
云影天光共徘徊。
芦絮悠悠随风舞，
小舟撑出苇丛来。

二

秋风猎猎碧水寒，
天似穹庐云似烟。
青松不畏严冬苦，
愿将苍翠妆远山。

## 三

山外青山湖外湖，
荒径寂寂野草枯。
莫道春远无消息，
遥看麦田润如酥。

## 四

小溪山上草离离，
柏翠松苍两相宜。
谁言枯枝不是景，
黄叶悠悠化神奇。

## 五

冬宿山北春住南，
春在万畦新麦田。
农夫劳作勤趁早，
何惧水冽与风寒。

六

画家眼中处处景，

不分秋色与春光。

宁舍江南百花艳，

只涂小溪一抹黄。

七

冬未北去枯草密，

春待归来半山黄。

曲径通幽风景异，

松叶青青柏叶苍。

（2016 年 2 月 19 日）

# 霜天晓角·丙申初春寄友

桃坪柳渚，

弱草青盈户。

楼北雪痕犹在，

楼南却、

春无数。

遥想君去处，

几时花满树。

何奈早春匆急，

若赶上、

和春住。

（2016年2月15日）

# 长相思·春夜

鹃也鸣，

雁也鸣，

楼宇幢幢树影横，

丝弦绕岸萦。

桂轮明，

春湖明，

一叶扁舟无意撑，

举杯邀美姮。

（2016 年 2 月 28 日）

## 点绛唇·春光

披绿穿红，

游家皆曰春光好，

独生烦恼，

春亦催人老，

风自轻柔，

白发吹还少。

天尚早，

莫如寻找，

梦里桃花岛。

（2016年3月19日）

# 雨后梦醒

鸟鸣惊疏梦，

晨曦透窗纱。

一夜风兼雨，

欺我满园花。

月季伤心泪，

蔷薇半池霞。

海棠失颜色，

紫藤乱如麻。

落英铺满地，

残红忆春华。

唯有香如故，

绿肥景亦佳。

（2016年5月21日）

## 相见欢·梅

无聊漫步湖东，

暗香浓，

千树梅花含蕊秀芳容。


风轻弄，

落英重，

雨蒙茸，

自是一番怜惜过心中。


（2017 年 2 月 23 日）

# 七绝·蜀湖春早

霜草萋萋雪半残，
梅桃斗艳蜀湖滩。
西风猎猎吹花雨，
且看晨凫戏水欢。

（2017 年 2 月 26 日）

# 途 中

车轮滚滚傍地飞，

满目苍凉春未归。

一潭枯水绿如墨，

几树寒鸦唱夕晖。

（2017 年 3 月 7 日）

# 夕阳之美

夕阳之美，壮丽辉煌。

殷殷如血，观者怀伤。

灼灼其艳，渺渺其旁。

剪影山岳，渲染湖江。

遇林金碎，逢水赤汤。

渐行渐暗，抑光敛芒。

无依无伴，孤孤以降。

金轮既隐，其曛莫藏。

云呈乌紫，倏忽红黄。

余晖喷射，霞蔚穹苍。

虽没西海，犹扮洪荒。

悠悠情笃，地久天长。

（2017年3月8日）

# 湖边即景

千树红叶李，

一幅瑞雪图。

何曾见风影，

花雨满地铺。

临湖戏垂柳，

松间玉兰殊。

残荷自成画，

夕阳水中浮。

长亭屐痕少，

凭栏好读书。

（2017 年 3 月 17 日）

## 西江月·雨中春闲

去咏柳梢吐翠，
归吟月季含烟。
欲称春暖好晴天，
雨打梨花深院。

薄雾轻纱幻境，
清茶香墨柔弦。
从心随意写诗篇，
坐看云收云散。

（2017 年 3 月 19 日）

# 一剪梅·夜宿歙县

夜宿披云游兴高，

漫步江桥，

伫立船艄，

雾浓如水透鲛绡。

月共云飘，

灯共风摇。


喜雨姗姗起半宵，

涨了春潮，

绿了丝绦，

百花不若杏花娇。

飞也妖娆，

落也妖娆。

（2017 年 3 月 21 日）

# 七律·春游即兴

二月阴晴天注定，

一年最是好时光。

莺飞草长重重绿，

蝶舞蜂鸣处处黄。

雨打更怜华信短，

风吹尤见柳丝长。

劝君多赏三春景，

莫负缤纷莫负香。

（2017 年 3 月 27 日）

# 江城子·游怀宁

轻纱薄雾翠岚馨，

秀峰青，

绿波横。

曲径深林，

无意入幽屏。

错把秀湖当碧海，

阳风暖，

彩云生。


一程知了一程莺，

野花荣，

未知名。

耕女笑言，

却是紫云英。

饮罢莓浆辞古寨，

星月朗，

正蛙鸣。

（2017年4月12日）

# 七律·春游肥东

平日诚如笼内鸟，

一朝展翅入云涯。

沐香素李半山雪，

承雨红桃万顷霞。

郁郁金黄蜂恋蕊，

盈盈翠绿燕穿莎。

牧歌青草童年梦，

直把南村做老家。

（2017 年 4 月 21 日）

# 七律·春日乡愁

时来春暮偷闲日，

郁郁乡愁系老家。

泉水津唇堪作酒，

杨花入盏且当茶。

驱车北岭抚青麦，

踱步南湖赏幼葭。

几欲挥镰除埂草，

盘桓阡陌叹年华。

（2017年4月30日）

# 七律·游金寨

燕子河边闻杜鸟，

天堂寨里品新茶。

曾攀险路搜奇景，

又入芳丛觅小花。

猎猎松风思剑器，

淙淙溪韵念胡笳。

映山红遍将军岭，

遥看殷殷胜晚霞。

（2017 年 5 月 3 日）

# 五律·台风

台暴起琼海，
须臾入我乡。
云腾千马势，
风怒一城殃。
花暗东君隐，
林幽碧落藏。
惊心闻玉虎，
天地雨汤汤。

（2017 年 8 月 2 日）

# 风

风拂门前柳，

飘飘美人发。

风驱碧湖水，

循岸听浪花。

风打荷塘过，

拨莲见青蛙。

风鼓凌霄蔓，

遍地红喇叭。

风荡秋千架，

翩翩舞轻纱。

风送白云朵，

悠悠至天涯。

（2017 年 8 月 4 日）

# 七绝·无眠

悠悠半宿未成眠，
不怨秋风不怨蝉。
弱水三千何处觅，
愿赊一捧洗尘缘。

（2017年9月5日）

# 七律·忆桂

为赋新诗梦里游，

藕香水榭觅红愁。

曾经赏桂空澄月，

他日寻踪寂寞秋。

漫舞金黄风瑟瑟，

淡尝馥郁韵悠悠。

伊人掩卷盘桓处，

却见珠英落满头。

（2017 年 9 月 15 日）

# 奔　波

朝别庐州夜宿甬，
秋思万丈出吾胸。
莫道老夫不辛苦，
千里奔波只为公。

（2017 年 10 月 31 日）

# 瀑

水流潺潺，天籁之音。

都市鲜见，山谷常闻。

庐南有湖，凿以鹅形。

源头活水，大别山群。

引而灌之，清且充盈。

筑石为瀑，淙淙叮叮。

循声而往，驻足聆听。

如痴如醉，梦回童真。

闭目遐思，置身乡村。

歌之录之，藉慰心灵。

（2017 年 11 月 9 日）

# 如梦令·深秋

漫步九盘山路，

误入金秋深处。

沉醉画图中，

忘却启程归去。

归去，

归去，

撷取夕阳云雾。

（2017 年 11 月 12 日）

## 卜算子·秋枫

休怪雨无情，

休怪风凌厉，

花谢花开夏复冬，

唯有随天意。


无事莫悲秋，

应识秋之媚，

槭叶殷殷胜晚霞，

点染千山醉。


（2017 年 11 月 15 日）

## 采桑子·菊

此花开后千花黯，

独扮寒秋，

独扮寒秋，

雪紫金红丝瓣勾。


从来菊韵谐诗酒，

乘月邀俦，

乘月邀俦，

吟罢新词泪泗流。


（2017 年 11 月 17 日）

# 七律·父亲三周年祭

促刺劳形未计天，

迩来父去已三年。

几回梦醒垂悲泪，

今夜秋寒奉纸钱。

冬夏可曾知冷暖，

夫妻毕竟享团圆。

音容笑貌成追忆，

一瓣心香付素笺。

（2017 年 11 月 27 日）

## 七律·梦醒

老夫勃发少年狂，
铁马金戈半宿忙。
驭驾莽原追落日，
遣兵大漠射天狼。
剑锋霹雳苍鹰坠，
铳火雷鸣猛虎伤。
十万旌旗谁与战，
奈何屋内一糟糠。

（2017 年 11 月 27 日）

# 醉花阴·梦醒时分

年少不曾思苦痛，

喜做春秋梦。

风起欲翱翔，

俯瞰人寰，

纷乱谁操弄。


醒来四顾阴云重，

空叹身无用。

寂寥待闲时，

归隐湖山，

把酒吟唐宋。


（2017 年 11 月 27 日）

# 谒金门·闻内弟四十周岁

三十载，
弹指一挥飞快。
牵手宜城逢癸亥，
今将丁酉迈。

弟乃韶光年代，
我已青春不再。
唯愿老来归适泰，
尔与谯隽赛。

（2017 年 11 月 28 日）

# 蜀山之秋

寒风不与肃萧同，

遥望蜀山绿葱茏。

秋浓更在林深处，

几树金黄几树红。

（2017 年 12 月 6 日）

## 江城子·市夜

霓虹闪烁暮如朝，

赤招摇，

绿轻佻，

妖冶蔚蓝，

百媚复千娇。

火树银花空碧月，

风暗送，

桂香飘。


夜寒不阻市街潮，

锁窗销，

旧筝调，

归晚渔舟，

禅院数芭蕉。

何日东篱沽美酒，

陶菊艳，

与君邀。

（2017 年 12 月 12 日）

# 七绝·南园秋思

南园寂寂霜如雪，

千树空余落寞枝。

昨日不知秋尽处，

朔风一夜雁声悲。

（2017 年 12 月 21 日）

# 贺圣朝·惜秋

千寻幽谷与君住，

有缤纷盈户。

从来秋色胜春华，

惹恼人风妒。


曾经枫火，

曾经榕羽，

现都归何处。

且存红叶作书签，

写情思无数。


（2017 年 12 月 26 日）

# 关河令·秋意

秋天秋色秋意远，

柳瘦风缠绻。

顾影佳人，

愁何眉不展？


扁舟闲系北畈，

影潺潺，

鸬鹚慵懒。

对岸铃摇，

渔竿如月满。


（2017年12月27日）

# 小重山·年关愁绪

沐雨餐风日日忙，

历悬三百六，

已残章。

阑珊愁绪叹斜阳，

年关近，

留去两彷徨。


卅载每回乡，

解囊求百果，

奉高堂。

而今睹物泪成行，

亲不在，

美味与谁尝。

（2017 年 12 月 31 日）

# 玉连环·初雪

昨夜举杯邀月，

玉轮宫阙。

数星隐约断云中，

雁声杳，

鹃声切。

今日雾浓风烈，

楼台湮灭。

千姿绣伞各摇摇，

遮不住，

弥天雪。

（2018 年 1 月 3 日）

# 点绛唇·喜雪

消息频传，

疾风冷雨开先路。

六英飞处，

争睹人无数。

趁夜飘欢，

满眼绒绒絮。

天地素，

玉花千树，

只合仙人住。

（2018 年 1 月 4 日）

# 七律·雪后所见

雪华如旦鸡鸣早，

影挂帘栊竹叶垂。

昨日絮浓欺广厦，

今朝冰重压新枝。

银装月季满园艳，

素裹相思半世痴。

最喜麦田新被暖，

万畦一派济农时。

（2018年1月5日）

# 眼儿媚·雪后归来

仙藻飞旋路茫茫，

千里踏冰霜。

银蛇绕树，

絮铺平野，

鹗遁寒江。

归来不识三冬景，

游涉负行囊。

风中细柳，

花间残雪，

水面斜阳。

（2018 年 1 月 16 日）

# 平湖乐·冬夜游湖

月光如水水连天，
何处梧桐岸？
无故清风举衣缦，
一番寒。

蓬莱入画谁人叹，
含烟弱柳，
琼花玉树，
灯火照阑干。

（2018 年 1 月 17 日）

# 误佳期·雾有所思

晚恨重云遮月，

晓盼风和日烈。

迷茫氤氲锁楼台，

误作蓬莱阙。


久矣怨烟霾，

尘事尤难别。

莫祈火眼辨妖魔，

白骨何曾绝。


（2018 年 1 月 18 日）

# 水仙子·等雪

摇摇寒树莫栖鸦，

啸啸西风唱塞笳。

无边夜幕垂天挂，

幽篁万杆斜。

雾浓柔了灯华，

窗轩下，

品淡茶，

静等璇花。

（2018 年 1 月 23 日）

# 七律·五六感怀

诞序从来未恋觥，

今逢五六雪迷城。

未曾尽孝双亲去，

几欲兴圩一甲迎。

闲看卷舒云似画，

笑谈得失气真嵘。

何须对镜悲银发，

饮罢壶中再出征。

（2018 年 1 月 25 日）

## 忆少年·画雪

写秋黄尽，

画春绿短，

夏糜蓝赤。

冬来问青女，

曰毋需颜色。


泼洒银沙寰域白，

境如仙，

玉堆冰甓。

素华冠群艳，

纵千红莫及。


（2018 年 1 月 27 日）

# 美人蕉三首

一

驱车百里探古桥，

秋染山色稻香飘。

向晚归来意不适，

雨中愁看美人蕉。

二

一夜秋风伴秋雨，

鹅黄淡染银杏梢。

山色空蒙画中景，

庭前独赏美人蕉。

三

司空空隐漫天雾，

水涨双河不见桥。

一任凉亭八面雨，

闲翁慢品美人蕉。

（2018 年 8 月 17 日）

# 慧可居赏秋

秋风秋雨秋意浓，

秋水望穿一点红。

秋寒更兼秋心乱，

秋江尽处山色空。

（2018 年 8 月 18 日）

# 七律·梦醒所思

酒酣梦醒已三更，
风舞窗纱银汉倾。
卧看碧霄云伴月，
慢尝灵草味传情。
遍寻白露千盅饮，
难解醉翁半世醒。
再入幻虚驱鬼魅，
金箍奋起向天擎。

（2018 年 9 月 10 日）

# 七律·中秋

隔窗欲赏云遮月，

回首几曾月渡云。

云淡云浓常郁郁，

月明月暗恰殷殷。

琵琶一曲春江暖，

水调长歌天下闻。

把盏相邀人未至，

西墙花影乱纷纷。

（2018 年 9 月 24 日）

## 七律·出行

卅载出行无计数，
几番乘月未成眠。
星灯万盏走如箭，
苦旅一程思若泉。
四象云腾晴复雨，
九汤波诡倒还颠。
苍生令我悲三界，
寰宇大同听管弦。

（2018 年 9 月 25 日）

# 七律·乘机有感

铁骑一飞东土近，

心随双翼起苍黄。

云同菡萏开千朵，

天涌蓝波蔚万疆。

耳畔轻风添冷意，

胸中妙笔著文章。

俯观鸭绿秋江渺，

战地黄花忆旧殇。

（2018 年 9 月 26 日）

# 霾

一夜冬雨，

洗不去，

漫天霾。

晨若暮霭，

楼似蓬莱，

迎面不识张兄台。


劝君莫把林儿采，

劝君少把矿儿开。

饮几杯玉液琼浆，

吃几顿海鲜大菜，

到头来，

聚沙为暴，

却把自个儿埋。

（2018 年 12 月 28 日）

## 一剪梅·赞花样年华
## 艺术团旗袍表演

千载深衣百样娇，

历代为豪，

今更妖娆。

心裁别出巧摹描，

雀上梅梢，

雨打芭蕉。


花样年华趣自高，

流雪飘飘，

满搦弓腰。

仙环恰可配仙韶，

美胜双乔，

艳比西貂。

（2019 年 1 月 20 日）

# 风流子 · 盼春

才别霏霏淫雨，

又陷茫茫沉雾。

思杏蕊，

梦桃红，

只盼与春同住。

无故，

无故，

却把诗情耽误。

（2019 年 3 月 2 日）

# 中兴乐·春兴

银波潆潆柳身娇，

青梅白杏红桃。

风渡柔馨，

夜奉妖娆。


归来犹自兴高，

新筝调，

花枝弄影，

遣弦珠乱，

莫负琼瑶。

（2019 年 3 月 8 日）

# 江城子·闻管

一曲羌管谁人吹？

泪难持，

酒难酾。

纵有千愁，

无事莫填词。

多少尘烦多少痛，

都不足，

与人知。

（2019 年 3 月 16 日）

# 好女儿·叹春

我未识花颜，

君已叹花残。

想那梅云桃雨，

风舞柳翩跹。

纵是梦魂牵，

醒来却，

咫尺盘桓。

红尘虽倦，

何曾解甲，

再跨征鞍。

（2019年3月19日）

# 柳梢青·题照

烂漫娇妍，

冰清玉洁，

眉黛如烟。

脉脉凝神，

朱唇轻启，

胜却千言。


欲将呼作天仙，

人道是，

何家可怜。

有母如斯，

小荷粉嫩，

出落婵娟。

（2019年3月27日）

# 烛影摇红·莫诵春词

莫诵春词，

几人识得春词意？

花飞花落柳青黄，

竟失春之媚。

绿瘦红肥苍翠，

怨东风，

痴情可寄。

光阴难驻，

海棠树下，

与谁同醉。

（2019年3月30日）

# 秋蕊香引·行路难

行迫迫，

悬崖危境，

嶂屏关隘。

道艰险，

多阻隔，

万难不易思乡路，

玉壶我心赤。

奔夙夜，

只为归航涤帻。

久游客，

梦魂系处，

暖暖茅棚宅。

小庭院，

青蔬嫩，

豆瓜堪摭。

（2019 年 4 月 4 日）

# 忆秦娥·风声疾

风声疾，

尔来直令天如墨。

天如墨，

花开春景，

叶落秋色。


庭前新竹纷纷仄，

老夫聊做儿童忆。

儿童忆，

不因雨躲，

不为风匿。

（2019 年 4 月 9 日）

# 秋

秋意浓，秋意浓，

秋雨绵绵秋叶红。

秋湖秋韵秋荷乱，

秋水无言渡秋风。

（2019 年 9 月 5 日）

# 少年游·庚子记事

时逢庚子古今同，

天象又呈凶。

小虫夺命，

大河激浪，

南海见兵戎。


四顾落叶纷纷乱，

寒意似秋浓。

多少人家，

夜阑无寐，

祈盼日曈曈。


（2020 年 8 月 8 日）

# 江城子（格一）·和台胞朱教授

与君相会牧耕堂，

火炉旁，

酒兴扬，

觥筹交错，

秋夜雾茫茫。

一笑恩仇俱往矣，

乡音重，

泪千行。

（2020 年 9 月 23 日）

# 七律·读张志远老校长回忆录

青年才俊出胶东，

北战南征齐鲁风。

能武能文当大任，

宜军宜地逞英雄。

有缘姻结庐州李，

无量功铭古县虹。

金玉满堂添福寿，

泰山松柏绿葱葱。

（2020年12月10日）

# 七律·雪后游山

斜观树影俯观雪，

山径无人鸟自安。

日照林间升紫气，

云游峡谷透清寒。

万竿篁竹风声紧，

一挂银河落水宽。

最是槭红殷似血，

长春枝上看花残。

（2020 年 12 月 15 日）

# 七律·六十自嘲

肖丑六逢临甲子，

捻须回望泪潸然。

土坯有幸堆高厦，

草木何能琢巨橼。

七品从来称小吏，

一毫尤可著鸿篇。

苍颜不作黄昏颂，

好趁东风放纸鸢。

（2021 年 1 月 21 日）

# 七律·四顶山

夏日观湖四顶山，

巍巍中庙水云间。

风吹林乱听丝竹，

雨打荷摇闻佩环。

旧忆难寻千尺木，

新渠却见九重弯。

蛙声十里童年梦，

回望田畴老泪潸。

（2021 年 5 月 15 日）

# 七律·答谢韦明升赠扇

晨鸟喳喳喜讯传，

娇姿雅礼胜金璇。

诗仙一首佳人墨，

麦穗三棵梓里田。

去岁馨兰犹在握，

今朝盈翠更堪怜。

长嬴不畏炎炎暑，

怀袖轻摇好入眠。

（2021年5月25日）

# 卜算子·诗人懒

花开怨春迟，

花谢怜春短。

花谢花开又一春，

何处闻羌管。

窗外月如钩，

屋内床灯暖。

欲赋新词睡意浓，

半阕诗人懒。

（2021 年 6 月 13 日）

# 七律·办公室搬迁有感

仕途初入万般难，

四十春秋指一弹。

细数亲朋无府县，

遍查先祖远金銮。

但凭白手经寒舍，

全赖孤帆涉险滩。

休致乔迁依大蜀，

靠山从此有嵩峦。

（2021 年 8 月 5 日）

# 七律·雨中望蜀

凭栏远眺日无踪，

犹忆良宵酒意浓。

鸟唤闲庭声呖呖，

雨淋樊圃水溶溶。

若无若有清秋雾，

时暗时明大蜀峰。

且待夕阳无限好，

金光满目照彤彤。

（2021 年 8 月 11 日）

# 七律·为李涛鲁迅作品
# 电影专题研讨会作

千金散尽为初心，

子子伯牙子子琴。

一抹胡须情切切，

两间楼宇汗涔涔。

呕心不顾苍颜老，

沥血犹将白发吟。

无路久行终是路，

东篱沽酒待佳音。

（2021年9月28日）

# 入塞·重阳

又重阳，

念双亲，

夜漫长。

忆音容宛在，

却两隔阴阳。

心也凉，

泪也凉。


老来频频梦故乡，

梦醒时，

游子断肠。

如诗秋韵满篱墙，

园也荒，

院也荒。

（2021 年 10 月 15 日）

# 七律·雾中观城

斜阳西望暖融融，
半郭楼台薄雾中。
道似盘山分上下，
车如流水各西东。
唯怜北野冗繁院，
不羡南湖靡丽宫。
昔日晚霞犹在目，
何时虹带映眬瞳。

（2021年10月26日）

# 醉花间·2021 初雪

风声咽，

雁声咽，

斑驳梧桐雪。

鸦雀尽归巢，

小径人踪灭。


莫问几时节，

今与秋作别。

挥手不沾云，

旧历翻新页。


（2021 年 12 月 25 日）

# 菊花新·春雪

玉蕊频将庐境宠，
西望湖山一笼统。
天地莽苍苍，
浑似海，
怒涛奔涌。

舞姿放任由风纵，
独凭栏，
阒然心动。
惆怅忆儿时，
冰世界，
恍然如梦。

（2022 年 2 月 18 日）

# 燕归梁·雨夜心事

一夜风声更雨声，

算计归程。

故乡烟火故乡灯，

儿时忆，

梦牵情。


从来朔土春潮晚，

泗河岸，

柳梢青？

欲随归燕觅芳庭，

短栅外，

杏花荣。


（2022 年 3 月 20 日）

# 七绝·长汀

斜风细雨柳丝丝，
春水无言涨碧池。
十里长汀游客少，
纸船明烛应天时。

（2022 年 4 月 25 日）

# 一七令·秋

秋，

深处，

堪游。

波潋滟，

荡轻舟。

云落水底，

藻荇纤柔。

寻荫杨柳岸，

漫步小洲头。

顾影只为旧梦，

歌诗自在闲愁。

有心赊酒遣余兴，

难得佳人是旧俦。

（2022 年 5 月 23 日）

# 七律·静夜思

皎皎玉弓花影疏，
半生回望叹唏嘘。
思人每付杯中物，
悦己从来枕畔书。
孤旅千山愁绪重，
长歌一曲恨眉舒。
有心向月抒丹愫，
却见明轮照比闾。

（2022 年 5 月 23 日）

## 恋绣衾·猫宠

偶得狸花小儿郎，

显威仪，

端俨兽王。

踞似虎，

行如豹，

箭莫追，

飞步雪扬。

也曾娇殢梨花颤，

唤嘤嘤，

柔化锦肠。

逐燕雀，

寻蜂蝶，

自由心，

最拒锁缰。

（2022 年 5 月 23 日）

# 偷声木兰花·喜讯

佳音万里关山度，

往事悠悠牵积愫。

相约青州，

酒尽斜阳逐客愁。


曾吟杨柳飘飘絮，

双写春红随雅趣。

旧梦重温，

唯愿黄昏继诘晨。


（2022 年 5 月 23 日）

# ·七令·花园

花，

似雪，

如霞。

悬珠露，

笼轻纱。

香满庭院，

艳透篱笆。

凭窗闻鸟语，

近水植蒹葭。

瘦土只培藜草，

平生不喜奇葩。

黄昏莫负三杯酒，

月夜独钟一盏茶。

（2022 年 7 月 7 日）

# 一七令·云

云，

汹涌，

嶙峋。

朝赤焰，

暮烟曛。

常见黑白，

偶有奔雯。

静如山矗立，

动似马狂奔。

飘逸不输庐瀑，

巍峨敢比昆仑。

聚散尤忧风雨骤，

卷舒闲品桂浆醇。

（2022 年 7 月 8 日）

# 十七令·风

风，

掠地，

行空。

寒瑟瑟，

暖融融。

春来染绿，

秋去摧红。

摇荷妆一夏，

吹雪媚三冬。

抚慰便如玉指，

转旋恰似游龙。

每摧墙头万棵草，

何奈山巅一株松。

（2022 年 7 月 13 日）

# 一七令·园

园，

林茂，

花繁。

山错落，

水连环。

梅须近赏，

莲宜远观。

秋来霜浸叶，

冬去雪生烟。

月落鸟声呖呖，

风来竹影翩翩。

二胡凄凄二泉月，

一曲幽幽一世艰。

（2022 年 7 月 19 日）

# 一七令·晨

晨，

静谧，

清新。

生紫气，

露初暾。

东海赤焰，

西山氤氲。

峰高迎旦旭，

水碧赏华雯。

牛背牧童惬意，

林间飞燕精神。

朝雨柳色寻唐意，

晓风残月悟宋魂。

（2022 年 7 月 22 日）

## 乌夜啼·夜雨

夜雨惊疏梦，

庭前沥沥梧桐。

灯残鞠径幽幽暗，

亭槛影朦胧。


杜宇声声旧忆，

梨花深院愁浓。

忽闻梓里渠流断，

出户拜天公。


（2022 年 7 月 29 日）

# 天门谣·梅雨季节

梅雨绵绵久，

小河满、水中杨柳。

西坝口，

断桥无人走。


忆故里田园多黍豆，

弱弱难禁风雨骤。

凭朔牖，

问燕子，

谁家屋漏。


（2022 年 8 月 1 日）

# 雨中花令·愁绪

雨歇高温盛暑，

雨来汹汹无阻。

躬事田耕千百载，

最是农家苦。


有意返乡寻旧圃，

却又是、疫情如虎。

独乘乘、夜阑何所顾，

愁似浓云聚。


（2022 年 8 月 1 日）

# 朝天子·黄昏

日暮风来骤，

数凌乱、池塘烟柳。

花姿摇曳，

却绿肥红瘦。

观远岫、斜阳沉蜀后。

酒意阑珊温菊酎，

杯盏就，

脚步近，

柴扉轻叩。

（2022年8月2日）

# 喜迁莺·寻胜

千重绿，

一枝红，

胜境觅芳踪。

竹芒轻快过溪东，

识得紫薇容。


百鸟喧，

松风劲，

细雨更添游兴。

即穿飞瀑见飞虹，

碧涧水龙邛。


（2022 年 8 月 4 日）

# 雨中花令·赏荷

知了声声入耳，
独坐汗流浕浕。
湖映残晖山敛翠，
隐约西庐寺。

荷韵如诗人自醉，
怕风紧、误吹金蕊。
嘱碧盖、用心呵护好，
莫待秋临迩。

（2022 年 8 月 9 日）

# 雨中花令·持续高温

蝉噪无边无际，

蛙鸣无休无止。

梧叶焦黄楸叶落，

流断舟难济。

灼灼骄阳如焰炽，

旱久矣、几时滂霈？

唤缴父、可知人世苦？

速遣风云汇！

（2022 年 8 月 11 日）

## 一斛珠·夏日游湖

初阳斜照，

小荷才露蜻蜓早，

长汀生满青红蓼。

野棹蓑翁，

惊了鸳鸯鸟。

蝉噪蛙鸣声袅绕，

难当酷夏游踪杳。

忽如一瞥惊鸿缈，

有位佳人，

隔岸嘤嘤笑。

（2022 年 8 月 12 日）

## 梅花引·闻友人滞留三亚

谁知晓，

何时了？

疫情汹汹似原燎。

东南平，

西北兴，

海角天涯，

封令阻行程。

有家杳杳归不得，

仄仄盘桓望云翩。

思归鸿，

念归鸿，

飞寄锦书，

关山万千重。

（2022 年 8 月 13 日）

# 霜天晓角·避暑

长空如涤，
万里无云迹。
纵是初秋天气，
炎炎日、
热浪袭。

闷窒，
汗滴沥，
有家不得宅。
或曰山间凉适，
蹬谢屐、
同攀陟。

（2022 年 8 月 13 日）

# 好事近·西蜀寻秋

西蜀且寻秋，

却见飞红零落。

溪水淙淙如乐，

竟和啁啾雀。

绝崖最是听松处，

呖呖冲天鹤。

日没层云如血，

独依观涛阁。

（2022 年 9 月 20 日）

## 好时光·夜雨

夜雨潇潇如诉，

思远客，

困郊虞。

空有翅翎飞不得，

灯寒旧梦疏。

寂寞天尽处，

冷瑟瑟，

雁何孤。

落叶翩翩舞，

恰似玉腰奴。

（2023 年 1 月 9 日）

# 喜迁莺二首

一

酒酣豢，

月偏西，

清夜不思归。

绵绵愁绪未成诗，

疏发任风吹。


暮年心，

荒如草，

谬妄曾经多少？

半生狂狷半生愚，

枉读圣贤书。

二

喧鸟静，

夜阑珊，

漫步小河湾。

晶天如水水如天，

依石对愁眠。


月未残，

心已冷，

最怕痴人独醒。

相知何必应相逢，

情同梦也同。


（2023年6月28日）

# 一剪梅·古桥

竹杖芒鞋寻古桥，

风也萧萧，

雨也潇潇。

春枝垂下绿丝绦，

翠岭青韶，

丘岳岩峣。

水映玉虹浮月摇，

桃绽新苞，

清客妖娆。

长歌一曲叹飞红，

和了松涛，

惊了鹧鹕。

（2023 年 7 月 3 日）

# 后　记

　　写作于我，纯属业余爱好，无奈少年时期播下的文学种子，在心田里生根发芽，无时无刻不在滋扰着我，心有所念、心有所思、心有所感、心有所悟，往往习惯于诉诸笔端。几十年来，断断续续，续续断断，也勉强算得上是笔耕不辍。近几年来，专注于诗词的学习和写作，某日一看，前后差不多写了一百多首，便职业病发作，有了结集出版的想法。此想法得到了作家出版社同仁的支持和鼓励，欣然将拙作列入出版计划，令我感动不已。

　　自从文学的种子在心中萌发，作家出版社就一直是我心向往之的文学殿堂。后来从事出版工作，对作家社有了进一步的了解，也有了更多的敬意；再后来有幸主持一家地方文艺出版社的工作，更是把作家社当作学习和效仿的榜样。同时，我们在全国文艺图书联合体的大家庭中和谐相处、愉快合作，结下了深厚情谊。

感谢作家出版社，让我少年时代的梦想在几十年后变为现实，夫复何求！

感谢韦明升先生审读全部书稿，并提出中肯的意见和建议。感谢铸白先生题写书名。

感谢微信朋友圈每一次的点赞和评论，恕我不能将各位大名一一列出。

图书一旦出版，便会进入市场，我不敢奢求本书有怎样的销售量，因此，我对每一位购得此书的读者都表示崇高的敬意，尤其是到新华书店的门市购书的，因为那里是我作为一名老出版人情之所系的地方。

当然，如果能有读者就书中的作品提出意见、指出谬误，那更是我求之不得的了！

在此留下联系方式，以证明我所言不虚。手机：18656001799（微信同号）。

刘正功

2023 年 9 月 1 日，合肥